天星诗库·小说家诗丛

李骏虎 著

冰 河 纪

山西出版传媒集团

北岳文艺出版社

图书在版编目（CIP）数据

冰河纪 / 李骏虎著. —太原：北岳文艺出版社，
2017.8

ISBN 978-7-5378-5190-9

Ⅰ.①冰… Ⅱ.①李… Ⅲ.①诗集—中国—当代
Ⅳ.①I227

中国版本图书馆 CIP 数据核字（2017）第 088517 号

书　　名：冰河纪　　　　　　　责任编辑：史晋鸿
著　　者：李骏虎　　　　　　　装帧设计：张永文

出版发行：山西出版传媒集团·北岳文艺出版社
地址：山西省太原市并州南路 57 号
邮编：030012
电话：0351-5628696（发行部）　0351-5628688（总编办）
传真：0351-5628680
网址：http://www.bywy.com
E-mail：bywycbs@163.com
印刷装订：山西人民印刷有限责任公司

开本：787mm×1092mm　1/32
字数：93 千字
印张：4.125
版次：2017 年 8 月第 1 版
印次：2017 年 8 月山西第 1 次印刷
书号：ISBN 978-7-5378-5190-9
定价：28.00 元

目 录

- 目 录 -

- 目 录 -

生活的方向

多数情况下，我们的人生
就像穿梭的地铁，挤满了人
沉重，盲目。无数的人上车
无数的人下车，无休无止
无数人路过，无从谈起意义

也许，没有意义就是意义

我还知道，一般情况下
甲壳类动物都是弱者
有着柔软的身体，丰富的黏液
退化了牙齿和声带
习惯在黑屋子里享受孤独

所以你的冷淡才会引人注目

因此，我希望你就是主宰
你是我心灵的马缰，决定
我自由的方向

然后，再没有什么可以干扰
我们的生活

冰河纪的回忆

在冰河世纪
地球冻成了一颗水晶
一束光要穿透它
需要二十光年

那个时候还没有风

全宇宙的天体都是静止的
只有一朵五瓣花在浮游
她纤细的蕊发出粉色的毫光

它是唯一的热度
储存着对阳光全部的记忆

它盗走了所有的梦

它的倒影
曾引发恒星向着自身黑洞坍塌

在冰河世纪
凝望那颗水晶球
瞬间可以看完一个人的一生

一滴胭脂落在茫茫雪原
引发北极的冰裂
光芒从漫延的缝隙里
照彻

我梦见自己变成一匹马
踩着高跷
敲响了永久的冻土

失眠备忘录

劣酒，就是没有经营好的人生
难以下咽，还会带来绵长的头痛
但它一样可以治疗失眠

借助它，同样可以点燃地心熔岩
让吹嘘和谎言挟裹着真情井喷
你还可以用傲慢来掩饰脆弱
仰着脸，对天花板肆无忌惮地狂笑
从而使泪水洄流到心底的荒漠
重温一遍，你们最初的遇见

你可以面露狰狞，炫耀心上的利齿
让对面的人猜不透这一切无非是爱

你可以，把自己打碎
让废墟有百种丑态，一切俗不可耐
也好过像现在这样无耻地高尚

借助劣酒，灵魂可以短暂探访梦乡

那里香气迷人，溪流淙淙
那里万籁俱寂百花盛放

圣母山远眺

上帝确实眷顾某些地方
他创造好一切，合理而美好
南安第斯山环抱着人间，
白雪之上的天空有黛色的云团

人们需要做的只是安详地活着

在第一批西班牙人到来之前
有一个孤独的印第安人穿过丛林
二十一个一百年后，你来到这座小山
穿一件和天色一样的斗篷
风帽遮着你小小的脸，那贞洁的圣母
在夕阳给山谷涂抹金色的时刻
娴静地望着落寞的人间

我常见你低眉浅笑怀抱圣子
这一个你双手空空眼望着天
我又何尝不知，你大理石的外表下
包裹着滚烫的熔岩

总是先有你对众生羔羊般的怜悯
才凝结成这油画里的海与天

此刻，夜幕即将落在你的脚下
或许我在黑暗里的忏悔你莫名喜欢
但我更惧怕无处遁形的白天
还没到第七天，还没到可以休息的时间
我已两手空空
把浅蓝色的安详，和大海般的平静
献祭在圣地亚哥的那座小山

我要忏悔，更要祈愿
三万公里之外，你能否听见

求爱者

过去或者未来的一天，
一个求爱者来到女王的宫殿。

你是谁？那个动听的声音居高临下问。
我是一只为给您唱赞歌而生的鸟儿。求爱者回答，
唱完颂歌就是我生命结束的那一刻；我的女王，
我是一个来自遥远的国度朝拜您美丽的信徒。
我终将化作您玉足下的尘土。

女王的声音充满了哀愁：
我的美丽终会老去，生命之外还有生命。

我也知道这件事会发生。求爱者回答，
我还知道，你年轻貌美的时候我已经老了，
你的美丽老去的时候我已经死了，
虽然我渴望看到你花容憔悴的面容，
我依然庆幸能拥有你最好的时光。

比起来生，我更爱你的今世，
比起一生，我更爱你的现在的样子，
因为我的心里已经盛不下更多的幸福，
此刻能仰望你就是上天垂赐的恩情。
除了你，生命之外没有生命。

女王降阶而下，让求爱者亲吻她的香足。
那人如愿化作了尘土。

太平洋之沙

我是注定要沦陷的人
就像漏斗状的流沙
因为首先沦陷的
总是陷阱本身
所以涨潮时的快乐
才会让我如此的伤心

无 题

一切正如你所见。
在你到来之前，我已泥足深陷。

你召示我以大海，用太平洋之沙点化我。
你以圣母的形象向我显现，
把夕阳之晖洒向无风的人间。
而我已无力自拔，因为我就是陷阱本身。

一个想以沦陷来获得拯救的人，
就让他继续沦陷，直到陷阱成为金字塔。
那正是他心上建立的世界奇观，

一切，正如你所见。

致 Gustavo Ng

一个充满善意的人
即使他身在城市
你也能从他的眼睛里
看到大海和草原

一个充满爱意的人
即使他此时无言
你也能从他的笑容里
重温旧梦和故园

早安，Argentina
即使你涂满了黑白的迷幻
即使你，在地球的这一边

(2016.10.18 于布宜诺斯艾利斯 Boca 酒店)

时间差

——再致 Gustavo Ng

庄严的事情往往以荒唐的面貌出现
Gustavo，今天我们合影了
我们隔着十一个小时
我们对折了时光的两端

Gustavo，我们共同拥有衣袂飘飘的祖先
你的身体里流淌着乃父的汉家之血
他的灵魂在你善意的眼神里显现

我的阿根廷兄弟，Gustavo Ng
我听到南部美洲的滚滚雷声
不期而至在将要离别的夜晚

在没有 Lizzie 在旁翻译的时候
我们有时相视一笑，有时沉默无言
鲍勃·迪伦正在浅吟低唱
《爱的爆发》悠扬在咖啡馆

有关这个话题，Gustavo Ng

我们讨论过几句，我记得叶芝写过
爱情其实和苍老的程度无关

爱情就像万有引力，没有她
我们都会被抛洒于地球的飞旋
但我的兄弟，如你所知
庄重的事情往往以荒唐的面貌出现

布宜诺斯艾利斯下雨了，在黎明之前
鲍勃·迪伦唱道，有爱意的人在雨中写诗
其他人只有被雨淋湿

来到地球的这一边，兄弟
三天我睡了九个小时，如梦似幻
在凌晨两点的卫生间
时间差打败了我，淋浴模糊了我的眼

再见，Gustavo Ng
请原谅我越来越靠近崩溃的边缘
请原谅，我竟是如此的心酸

所 见

昨晚在松林间，见到
一只莹火虫
带着它绿幽幽的小灯

今早在松林下，路遇
一只黑松鼠，优美硕大
抱着它的松果蹦达

萤火虫是被我吸亮的烟头
诱惑，松鼠的果实
是送给谁的？我猜不出来

你不要悲伤

你不要悲伤
原野上永远有开不完的鲜花
冬天败了春天又会绽放

你不要悲伤
这世间总不缺如花的容颜
小女孩们转眼就会灿烂

你不要悲伤
你总有美好可以欣赏
直到你离开这世上
分解成野花的营养
被你美丽的女儿采摘
铺在你的墓碑上

静止的时光

我能听见荒野深沉的寂静
你在远处依着围栏
脚下葳蕤的草木已经泛黄
那些血色的花儿依旧歌唱
夕阳隐入你身后的灌木丛
我看到你脸上红扑扑的笑
你劳动后浑身散发着汗香
那么平静地望着我
像望着荒原上的一棵树
你的温热甜美　我心里的
空洞和怅惘　都写在
这茂盛又寂寥的大地上

令人战栗的春天

我感到胸腔鼓涨着美好的情绪
就像板结的冻土被种子顶开缝隙
没错，这是春天的信息

在一座老宅灰色的庭院寄居
阅读普鲁斯特有关玛德琳的追忆
把蛋糕蘸进茶里
体会那被流放到过去时间的奇迹

就好像，昨天下午我走在院子里
当时没有风，也没有花蕾的遗迹
却从冷冽的空气嗅到春天的气息
那样微妙，令我战栗

蝴蝶飞进车窗

蝴蝶飞进车窗
你已不在我的身旁
这夏天的尾巴
让我嗅到秋的凄凉

蝴蝶飞进车窗
你还占据着我的心房
这秋天的序幕
为何让我这般的感伤

蝴蝶飞进车窗
它嗅到了你发梢的留香
这季节的更替
我已不能和你在爱里徜徉

那时你的目光悠长
穿越夏的光影
望见秋的斑斓和远方

时　光

一

阳光从你的身体折射进我心里
点亮了我的眼睛，此刻
你不在这里，而你无处不在

二

每一夜，对你的思念像那轮皎月
或早或晚，出现在我的夜空
你的爱，就是那如水的清辉
滋润着我心里无边的荒漠
你是那仙子吗？撒满我全身幸福的金沙

问　题

每个人都是有精神问题的
我的问题是想你
你的问题是不想我

温情足够的情况下
鹅卵石也能孵出小鸡来
可我总也暖不热你的心

这不是你的问题
是我的情感还不够炙热
不到地核的岩浆那样的金色

我还知道
爱情本身是一种病症
生活本身就是一个问题

启示录

那个造物者，盗火的神祇，
被锁链悬挂在绝壁上，
兀鹫啄食着他的心肝，
凶狠，无休无止。
他大声地悲号，
呼叫着风、大海和川岳，
和无物可以隐藏的虚空，
和万物之母的大地，
来为他的苦痛作证。
他独独没有呼唤他的造物：人类。
虽然这一切都是代他们受过，
也不去打搅他们在大地上寻欢作乐。

黄金、白银、青铜、黑铁，
人类在终极审判者的威权中堕落，
现在，进入的是第五纪，
人们夜以继日地工作，
他们焦虑、贪婪、虚伪，
压力山大。

他们互相欺骗，互相憎恨，
年迈的父母不再得到儿女的孝敬，
他们呵斥，甚至毒打，
那些给予他们生命的白发人。
善良和优雅一去不返，
嫉妒和欺诈在大地上漫溢，
强权和罪恶得不到应有的审判。
他，造物者普罗米修斯，
眼前的一切胜于身受的痛苦，
文明的火炬在愁惨的深渊，
渐次幽微，忽明忽暗。
这盗火者，却永禁在高加索山。

致 MH370

怎么会如此深刻
思念几乎摧毁了我
它让我的灵魂结成一个核
却被你挂在长箭上
射向世界尽头最孤寂的角落

蓝毗尼

我来到佛的故乡，
看到遍野麦子金黄。
菩提树下，莲花盛放。
蓝毗尼啊，
佛像三千，
都是一种清瘦模样。

我来到佛的故乡，
未见我佛法显金光。
人们脸上，微笑安详。
如斯我见，心生景仰。

我来到佛的故乡，
中华寺里斋饭飘香。
餐前诵经，热泪盈眶；
梵音入耳，心花怒放！
蓝毗尼啊，
佛虽未归，
万国朝宗，各具幻象。

我来到佛的故乡，
看到这里遍地牛羊，
田塍之上，姑娘成行。
蓝毗尼啊，
万里朝拜，
我遇到一群纱丽女郎，
在田野里寻找野生的青豆，
执意要我品尝豆子的清香。

我来到佛的故乡，
没有学会施舍，
却轻率地拿走了一小把豆荚，
那是女郎半下午寻觅的时光。
蓝毗尼啊，
佛的去国，我的惆怅。

卡夫卡

我用手指翻起书页，听到干裂的声响如秋天的落叶
指甲无心地划过字列，焦尾琴的发音暴露梧桐木质
把这本五百六十一页的厚书平放在膝盖上的黄昏里
它像一块来自乡村的木板，用火箸烙着六个黑字
城堡　诉讼　美国
歪歪扭扭深浅不一，像一个孩子写给成人的童话

掩卷后叹三巨人

拿破仑的任务完成了

一场没有胜者的战斗在滑铁卢
落幕　宣告
拿破仑的任务完成了

天边出现爱兰岛的岩石
皇帝困在那里对着大海悔恨
只有日记能消解他的苦楚

神权与王权相拥大笑
欧洲整体复辟
巨大的空白用君主来填充

龙钟的体态难敌王冠的沉重
于是　站或走
都用宪政的拐杖支撑

独裁者变成囚徒

他所摧毁的
永远成为炮灰

被打垮者嘲笑过的未来
已经露出了头角
在它的额上　有颗自由星

"刀斧手的工作告终"
欧罗巴穿着新装狂欢
"思想家的工作开始"
欧罗巴跳起了团圆舞

拿破仑的任务完成了
而悲惨世界并未结束

尼采试图使自己成为太阳

尼采试图使自己成为太阳
最终为这伟大的梦想疯狂
但这有什么　这一点也不可笑
一场小雨润湿了地皮
同时让拿破仑的壮举泡汤
小矬子的炮队没能征服世界
人类却因为一个疯子的奇思妙想

活得　和从前大不一样

一个念头就是一颗原子弹
它们的威力能让地球从此一毛不存
看不到的反应在剧烈地发生
同时有些东西在我们的头脑中起泡
我们认识到我们都是小孩子
好心的忠告听不进去不算什么损失
无休止的游戏也不会影响身体发育
我们发现我们又是青年
对异性的心仪怎能表现为平静审视
于是说出爱　表白　倾倒

在我们的眼里和心里　你都不是
一面旗　但是
为了获得快感纷至的思考
就算我们把自己抛给了你
对于我们自己来说　还是
什么也没有失去

巴尔扎克被每一个障碍粉碎着

把头颅挺入光明的高空
根须扎到最黑暗的底层

贫穷　丑恶　肮脏　卑微
掰开揉摔活生生看得分明

一支笔无所不用其极把痛苦重塑
一根拐杖宣告粉碎了每一个障碍
最生动最形象的也是最无力改变的
人间喜剧　巴尔扎克
被每一个障碍粉碎着

我　走

我说走

我就跟着我走

如果我不走

我就推着我走

害怕每一个落脚点是终点

更害怕这一辈子老是打尖

等我不再走的时候

是我不再叫我走

不再走的时候

是我不想再走

那就不走了

让心去走

云层之上，一派阳光

思绪如飞雪笼罩北方　无边无际
在心灵的最深处　小说似稗草疯长
如期而至的大鸟践约着前生之誓
抬头，朦胧的光芒之后就是你我的天堂

踌躇　踟蹰　未曾驻足回望
你需在这薄冰之上小心滑翔
人影嘈杂似寒流冻结孤独　可知
此去烟波浩淼归期无期

云层之上，一派阳光
我的悲伤在光线所极处作响　恰如
宇宙正处于无风季候
冥想却吹鼓了我干瘪的心房

（君问归期，未有期
巴山　夜雨　涨秋池
何当，共剪西窗烛
却话巴山，夜雨时）

燃烧的树

忘了忘了忘了
生命轮回的时间
忘了忘了
森林亲切的遥远
忘了
雀声欢噪　鸟影翩然
忘了忘了全忘了
一粒种子当初敲醒沉睡的冰原

自从长成一棵树
就守着脚下龟裂的心田
把骄傲挺拔成枯瘦
寂寞深深地扎入亿万斯年
从此
像一只巨大的火把
伫立在荒原
等待长空游走的霹雳播下火种
把自己点燃

有谁知道一棵树呵
他对燃烧的祈盼
当云影掠过大地
惊动了他的悲伤
他默默地垂首
把狂乱压抑成无言

有时候也仰望苍穹
让狂风梳理发线
虔诚地起舞
渴望获得上天的顾盼
主呵　派一只鸟儿来吧
一只迷途的雨燕
我愿守着她小小的那颗心
忘了永远和眼前的界线

迟到的乌鸦

队伍早已走远
我是一只迟到的乌鸦
守望在麦田乌青的一隅
倾听周遭巨大的空洞

陨落和撞击交替
七八处稀落的回声
间隔　连续
侧目从未直面的窒息

或者，你会给我一个解释
天边悬挂的是谁的翅膀
不能言说的灰色思绪
是鹰翼上触目惊心的肮脏

留住啊
向晚笋壳里的竹叶青
谁曾想过和从未想过
回顾，只是一个小小的幽默

闲听几处圆润的鸦声

风 景

一棵站在旷野上的树
你说，它算不算风景
当漠风雄浑地走过
树的千万条臂膀撕扯出
印证生命的声音

一棵站在旷野上的树
你说，什么是它的背景
射向远方的荒漠
还是荒漠边缘支撑的
灰黑的苍穹

啊哈　啊哈
看天地相接处那浅浅的一线
转呀　转呀
披散着长发的巨人
十万年来站在圆心顾盼

啊哦　啊哦

十万年前曾有一只鹰飞过
一串尖唳
让大地把心脏跳破
喷出一股绿色的血柱
把苍穹望眼欲穿

黑与亮

一条亮丽的河与无边的黑沉犬牙交错

黑沉的夜与黑沉的
大地相接
黑沉的大地无言
一道心碎的亮丽在黑沉与
黑沉之间蜿蜒

一条亮丽的河在黑沉无边中
与黑沉犬牙交错
一颗一颗的黑齿投影于亮色
证明有人　不断有人
沿着河流走着

那些人在黑沉中投影于亮丽
那条河却无法洗去那些身影的
黑色　就像
无边黑沉汇总在亮丽的河
那些犬牙　黑色的犬牙

只证明有过
不证明存活

你是谁这样看着我你想说什么

你是谁　为什么
用那种眼神看我
这是一趟去何方的列车

我站在阳光灿烂的背景之中
让你想到了什么
你用黑白分明的眼神看我

你置身于黑暗之中习惯了黑暗
因此你并不觉得　因为
你不是明亮背景中的我

你的嘴张着
有什么要告诉我　你的失神
还是我这个被你的不幸击伤者

穿过黑暗与光明的分界　隔着
一道铁的屏障我们
对望着用沉默完成交流

我终于不得不承认
黑暗对光明　低处向高处
你对我而不是我对你
俯视着

哦　你是谁
你置身的黑色和黑色之中的
你的神色到底
你想对我说点什么

黄河第一湾

河上的来风挟着雨声，
对岸就是西秦。
八千米衣带徘徊，
九百尺浩瀚，
三个半世纪前某一天，
闯贼越此曾驾妖风！

亘古百炼成此一锤，
秦晋裙带绕指温柔。
此岸曾是桃源，
可恨贼锋甚锐，如收割机，
二万百姓竟成绝户！

俱往矣，
主席曾驻跸"留村"抒怀，
一阕《沁园春·雪》，
举世皆惊！
西岸如今是枣园，
此岸三户当景看。

一把椅子望着海

一把椅子望着海
没有脚印
没有未来

一把椅子望着海
波涛如金
夕阳不在

一把椅子望着海
心跳如鼓
思潮如海

一把椅子望着海
只有死亡
只有等待

一把椅子望着海
一把椅子
望着　海

祭 奠

或许，它就没有以真正的名义存在过。就像
当时的我，只是孩子的心灵顶着大人的躯壳
回头望望，很难说不是一开始就等待着祭奠

都是我的错，自以为在黑暗中寻找光明还要
搭上一个你。现在我更愿意相信你的说法：
其实一开始它就是死的。 我相信你的说法

可是，这十年来我竟然没有感受到它的死亡
我的生的热情来源于它的存在使我从不寂寞
你说得对我是个可怜人，一个可怜的顽固派

我现在才知道你早就死了，这个事实让我悲
伤到找不到眼泪的源头在哪里。我搞不清楚
是你死了还是它死了或者其实是我从没活过

我不懂我是否理解过幸福，但是有一点可以
确信，那就是我一直因为你和它而十分自信
我像一头爬坡的老牛表情木然其实热爱生活

现在你用死亡告诉我，我虚构的一切从来就
没有存在过。你要用自焚的花火来让我相信
我，和死去的我，需要用你的玫瑰和酒祭奠

这样的早晨，本来最适合用宁静湿润的灵魂
感受阳光的清凉和空气里自由的芬芳和荡漾
我却听到你胆怯的提醒，你说，需要去祭奠

我的心灵从来没有如此安宁过，十年来只有
这一年我需要抱着毛绒玩具才能够进入梦乡
我把宝剑搁在身侧枕戈待旦，我没有安全感

也许真正意义上的祭文就是一份检讨书。而
一切的没有意义其实就是有意义，就像你常
说的希望死去的是我而不是它。我信你的话

当我死的那一天，我很清醒地预见到：按照
我的命运推理下去，那一天没有人会祭奠我
它死去后你是我的亲人了，不如一起面对吧

现在我终于可以向你坦白，我是如此的坚强
和善于欺骗自己。而你，当然从来没有想过

做我的同谋。我向你坦白，我祈祷过你的死

当然，和你相比我是个低级动物。浴火重生
是你的光明的天堂，却使我脚踩的大地塌陷
以这样美满的气氛祭奠这十年，我受宠若惊

万物皆有轮回，唯独同一颗心无法两处安放
所以谢谢你的好意，你高贵的怜悯之心。但
我是个一条道走到黑的人 就让我走到黑吧

写给女儿的诗

宝贝，你就在那里
想爱就爱，想玩就玩
像一颗小小的恒星闪耀自己
我愿围着你旋转
用自己的光年，为你
创造一个小小的星系

问林冲

刀
就抱在怀中，头顶上
狗官的怒喝
恰似晴天霹雳
林冲啊林冲
此时的我和你都不能
接受这个现实

高俅在背后狞笑
"白虎节堂"高悬
在奸佞和王权面前
英雄何其气短
只可怜了你那娘子
一缕芳魂怎散？

说什么八十万禁军教头
空有那十八般武艺精湛
奈何权奸的贪欲
小人的暗箭

家已破，人亦亡
前程黯淡
林冲啊林冲
你为谁受那刺配的磨难？

雪夜里的追命
昭示了忍辱难成英雄
一把大火烧尽了
一个忠字
复仇的宣泄中
小人鲜血喷溅
走投无路的狂舞
算不算英雄本色？

敬不下那王伦
就一刀杀了他
何必等到晁盖上山
一群老虎
拜那条白犬？
错了，林冲
跳出忠字又陷入了一个
义
到头来，你为谁
披肝沥胆？

看
高俅已被捉上梁山
刀就架在仇人脖子上
稍一用力，足可告慰
你娘子冤魂不散
眼里的火
烧得死高俅吗?
英雄，可怜你
咬碎钢牙，咬不碎
一个宋江
一个义字

替天行道的大旗招展
替哪一位兄弟
报了仇，雪了冤?
林冲啊林冲
仇人从刀下溜走
纵有一身本领
你还有理由去杀谁?

从忠到义
从义到忠
建功立业为了那般?

那个朝廷的小押司
终于盼来了招安
英雄，而你
要为谁回去做官？

喷了那口热血
散得了心中的块垒吗？
梁山这几年
是为了苟全性命
还是兄弟们图个快活？
我知道你难以心甘

闭了眼吧
赴那黄泉
唉，黄泉路好走
再见亲人有何颜面？
林冲啊林冲
我已肝肠寸断
你做人真叫个纠结
唉，教头
早知如此、
当初何必
上这梁山！

怀　疑

这就是青春吗
一切为自然之力所支配
一次次失控紧跟着一次次懊悔
直到
在那种无法摆脱的味道里
额头为皱纹所僵硬
一颗心却松软了
除了打盹
别无所求

雷霆之怒

天
你听那吼声
从虚无中传来

怎么可能
这巨大的撕裂
从茫茫中开始
在茫茫中炸毁

太平世界
没有由来的震怒
撼动无力招架的人间

一切都归于沉寂
在疯狂的抽打和稳健的震喝下
静静地趴着

致世界杯

我们没有贵族
体验不到没落的凄凉
我们也未曾有过辉煌
不能体会落寞的忧伤

世界沸腾的那一刻
没有人知道你在场
所有的泪水
流在地球背面的脸上

这一场盛宴
与国土面积无关
精神的国度
被重新划分

野蛮的优雅
和优雅的野蛮
这不是文字书写的文明
却是文明写不出的证言

王者的背影啊
时光有情的绝然
是谁的手捕住了皮球
在全人类瞩目间
中天之日已薄西山

麦琪的礼物

你寄给我的塑料杯子
我很喜欢它透明的黄颜色
但是它在邮车上被挤坏了
虽然没有碎
已经存不住水
我把它放在书桌上
插进去一些笔
五颜六色长长短短
瞧，现在
你寄来的笔筒多么别致

蜗牛的爱

蜗牛闻到海风里爱的气息
不顾一切地爬出草丛
背着它的房子
执着地朝着大海匍匐前行

体液浅浅地润湿沙土
留下短暂的行迹
柔弱的躯体被风吸干了水分
背上的重负比身下的磨砺更需要坚忍

追求爱情的蜗牛
无法抛弃他的壳
没有了这片巨大的阴影庇护
骄阳将瞬间化它成轻烟

柔软的身体就是柔软的心
除了那个壳剩下的都是爱
嗅着潮湿的海风日夜兼程
天亮时眼前出现梦中的幸福海面

垂死的蜗牛发现爱情不是大海而是天空

天空很空　没有瞳孔

大海只是天空的一滴眼泪

一块蓝色的明矾　又苦又咸

三十年前我们一家等着吃晚饭

一点油灯如豆
黑色的焰心绿色的内焰黄色的外焰
光芒的蒲公英开始稀薄土炕上的黑暗
妈妈坐在灶前
炉膛里的火光映红了她年轻的脸
南瓜米汤的甜味越来越浓
大家挪着屁股围坐到灯前
烫人的炕头让赤裸的脚没地方放
——炕上铺的太薄了，粗布单下面
　　就是蔑席，席子下面是炕砖
熏黑的粉墙上人影巨大——
奶奶像河边的老柳树一样弯
爸爸捧着一本门扇般的大书
我和弟弟妹妹是三个等水吃的小和尚
我用手去抓小碗里的葱丝拌咸菜
起口疮呀不能空口吃——奶奶马上喊
爸爸捧着书仿佛什么也听不到
妈妈的脸探出亮光看了我一眼
弟弟妹妹专心地呼吸着锅里冒出的白汽

我回头向三十年后的诗人挤挤眼

他用唇语告诉我

——这是三十年前我们一家等着吃晚饭

春天里纪念一只小鸡

"生活"死了　它在四只小鸡中第二个离开我
清晨　它在被电灯照亮的温暖纸箱里羽毛如新
我拿起它时　手指头感到了它残存的体温

我把它放进一只长方形的墨水瓶盒里
让它保持了一只鸟飞翔的姿势　看见
它那毛耸耸的翅膀上正衍生出细小的片羽

这两天来"生活"一直吃得很少　我只看见它喝过
　一次水
它似乎被一种病痛紧紧地包裹着　无精打采
它的死亡　其实早已被我预期

我不知道如何去为一只小鸡治病　带它去哪里寻找
　医生
或者　喂它一片什么样的药物　它毕竟只是一只小
　鸡
我只能接受它的死

将一只小鸡的病痛按照比例放大　设身处地体会一
　下
我不敢保证自己会不会不堪承受　而急于自己——
结束生命

剩下的两只小鸡一只叫"生存"一只叫"随遇而
　安"　我打开纸箱时
看到　它们在静静地躺在那里的"生活"尸体上踩
　来踩去
生活闭着淡蓝色的眼皮　鼻子上是往日同伴们啄出
　的一点点血痂

"生活"还活着的时候　调皮的"生存"经常啄它
　和"随遇而安"
为了惩罚"生存"　我把它用一块纸板隔离开来关
　了禁闭
"生存"啾啾地叫着　"生活"和"随遇而安"也啾
　啾地叫着
好像小鸟在春天里呼朋引伴

而今　"生活"死了　它不再能发出声音
它曾经呼唤过的伙伴在它的尸体上走来走去
仿佛它从未曾和它们朝夕相处

我默默地为活着的"生存"和"随遇而安"撒上一
　把新米　清水加满
上班的路上我把装着生活的墨水瓶盒扔进垃圾箱
　转身离开
我已经忘记刚刚丢掉的"生活"和前天才死去的
　"大境界"

"生活"刚刚死了　"大境界"在它之前也死了
而"生存"依然活着　"随遇而安"还在纸箱里陪
　伴着它
这个春天　我曾写过一首诗来纪念一只小鸡的死

困在树杈间的猫

我扶着一棵树呕吐
这棵树高举于夜的枝杈间困着一只猫
它居高临下的哀号
加剧着我的翻江倒海

我渴望帮助这只猫摆脱困境
让我的痛苦逃离这死亡的象征
我很想救它下来
完成这无限度的恐惧中的精神自救
然而我的手脚已经因为呕吐而瘫软

我的父母俱已老迈
也不能爬到猫的高度
父亲提条毛巾　　母亲端着杯水
在专心呕吐的长子身后
他们站立的姿式和含浑的埋怨
像猫的啼叫一样揪心与无助

这是乡村隆冬的夜晚

月光暗淡　空气酷寒
一个人在一棵树下呕吐
一只猫在他头顶的树杈间辗转
一种高度架空了猫的求助
它的濒死，加剧着呕吐者的痛苦

在这个夜晚到来之前
我向着生养地完成了数百里的奔涉
一落脚便被乡情和交情醉倒
然后扯也扯不住地回家探望父母
未及开言，却开始了绵长的呕吐
我的父母站在我的身后
看着我新婚的妻子一下接一下地捶打我弯曲的后背
在我们的头顶，那只猫困在夜的高处

列车，在时间中停泊

为一泡尿所逼
我睁开了眼睛
像婴儿察觉了摇篮的静止
突然惊醒

列车在时间中停泊
黑暗无声无息
我撩开窗帘的一角
看到我们等待交叉的
另一辆列车　终于
在雨中缓缓驶过
车灯雪亮
仿佛魔鬼的巨瞳

卧铺车厢　亮着
一排催眠的睡灯
零点前空荡荡的上铺
而今也在制造鼾声
这里像一个巨大的蜂巢

露宿在荒原上的人们
层叠着　睡相安宁

这是一辆加开的列车
因此走走停停
它的礼让
缘于票价的不平等
就像硬座车厢也有梦乡
却无人为它们掩上窗帘
关上灯
那里的人们一定歪歪倒倒
时常为窗外的窥视惊醒

我解决完问题
对着盥洗室的镜子洗手
在镜子里我看到
一个熟悉的侧影　　他
举着一张记者证
向车长讨一张免费的床铺
但这里确实都满了
我和车长都无动于衷

有人在梦中呢喃
有人发出鬼一样的笑声

我爬到上铺对自己说

睡吧　明天还要出没在

人海的波谷波峰

北大留影

北京大学
未名湖畔
旁边坐的红衣女郎
与我无关

路走多了
真想脱了袜子
在未名湖里洗洗脚
水太脏
没能如愿

湖对岸的柳荫里
挑出一角红楼
我懒得过去看个究竟

湖畔还有一座土丘
绿树掩映
我拾级而上
路遇一位漂亮女生

她亲热的男友搂着她
边走边抠自己的腚

树丛里传来笑声
有俩人在讲笑话
说有北大未遂者来投未名湖
用手机向他的女友决别：
现在　我　踩在未名湖边
一块石头上　我宣布……
她女友很恼火　说：
省省电话费吧　你！
于是此人再次未遂
他恨透了北大
朝未名湖里吐了口唾沫
留做纪念

对面又走来两个女生
其中一个说很想去颐和园
没钱买票
我口袋里就有门票两张
但我打算让它作废
因为我知道对女生而言
最迫切解决的是性饥渴

北大地形复杂
我不敢过多逗留
从哪儿溜进来的
还从哪儿往出走
后来有人问我对北大的观感
我说　未名湖畔
有一座小山

当那些坏人都变老了

当那些坏人都变老了
他们一心重振兴武斗遗风
他们在孩子上学青年上班时出动
登上公交车
以不让座为理由
掌掴那些早起昏昏欲睡的学生
他们嫌弃让出的座位不好
跳下公交车
拦在马路上学着螃蟹横行
他们从来没有形成道德观念
哪还管什么堵塞交通
他们也没什么时间概念
只是出来晨练时捎带去买根葱
他们刚把自己的皇孙送到学校
转脸就对着别人家的宝贝发疯
偶尔兴之所至
他们也会碰一碰瓷
屡试不爽所获颇丰
啊——

叼着鸡蛋灌饼匆匆上班的年轻人啊
请你们睁大眼睛看清
那个瞪着他的猪卵逼你让座的死老汉
可千万不能看轻
你哪里知道四十年前
他可是本城区鼎鼎大名的造反司令

据　说

据说
人到中年会向中性变化
女人的嗓音变粗
男人的皮肤变细

据说
误会都是美丽的
我吃完两块钱的羊肉串
转过身来舔舔嘴唇
迎面走来的女郎羞涩地一笑

据说
顾客都是上帝
不知道公交车上的乘客算不算
因为司机师傅今天心情不好
就对大家又吼又叫

据说
孤独的人是可耻的

我把爱人留在家乡出来闯荡
因为忠诚与洁身自好
如今已不习惯与年轻的异性并肩走路

据说
放下包袱才能开动机器
每天背着个包在城市里乱跑
偶尔一次无包一身轻
走路都觉得那么不自然

据说
话多无病自伤身
那就不多说了
把芸芸众生一笔带过

被我质疑的光阴

在城市
我度过的光阴
与乡村的
是交错
还是重叠

有我的城市
无我的乡村
时间是否一致
我的存在
证明时间的存在吗

乡村最初的光阴
城市有没有时间
是一个迷
我的不存在
证明时间的不存在吗

回到乡村

我知道
城市的光阴并没有
停止
只有这个
可以肯定

任何声音都是语言

任何声音都是语言
它不缺少表达的含义
更有发声的原因

任何声音都源于一种原因
气流的摩擦和撞击后的震颤
听那风中的狮吼
那宽大的吼声与风声是否相同

把馒头扔进篮子里
哒——骨碌　它在说话
你就能听懂进去啦

再比如打乒乓球　咯咯
又比如打火点烟　啪
说不尽的例子是一个道理

此外
任何形象都是一种形象

薄暮中走来枯瘦的老汉
小伙子瞪到近前才发现不是淑女

此外……
任何人都是同一个人
任何生命都是同一个生命
你我都已经历还将经历
任何××都是一种××

夜

黑暗中听见有东西在耳边振翅
我暗暗心惊
怀疑自己的灵魂是不是要飞了

写在冬至日

早上，太原是雨加雪的天气
按照惯例，每个重要的节令都应该有一首诗的
然而想了想，实在没什么可说
大概因为我的诗集已经编讫
《冰河纪》封冻了所有的回忆
我刚刚弄明白，一个人的心里
其实并没有写不完的诗歌
有时候歌唱的权利，并不属于
他自己

给自己的中年判语

我的勇气在消弥
越来越像老家柴屋下
那蹶卷了刃的铡刀
不只在岁月里静静生锈
还把宽厚的刀背示人
把锋利的刃朝向自己

无 言

我伸出手去
向虚空中抓一把银沙
从我试图握紧的指缝间
它们化作蚊蚋四散飞走
一地的月光在脚下漫溅
我不得不微笑
看着过去和未来相连
一个人行在这幻境
踏着睡莲，抬头望那光
那恩赐和垂怜
我不得不微笑，在一瞬间

大　寒

一年之中，今天最冷
鱼儿跃出水面
被冻在了空中

曾经以为，这是个暖冬
风吹过来，变成化石
被埋葬在冻土层

未来已来

一棵树开始枯萎
根系从大地深处撤退

一个人变得颓废
他的内心走失了谁?

一种心事成为原罪
也许不像嘴上说的那样无谓

当灵魂像鸟儿一样振翅高飞
沙漠也收不完你的泪水

听说后天万人如海
他们要欢呼未来已来

一个人和自己对坐在树下
风在树冠之上吟诵他的忏悔

远 方

我没停下脚步，只是有点踟蹰
你不在路的尽头
你就是这条路

我望不到你的倩影
目光已疼痛
也望不见路的尽头

我不确定你在远方
时间透明，你本身就是远方
你甚至比远方更远

脚步不停
时间已透明
地平线上有光时，我睁不开眼睛

瓦当的《海滩》

瓦当兄，你导的《海滩》我没看太懂
你让那男人把女孩埋了
她在海上像观音一样出现时很惊悚
我承认当时被吓得屏住了呼吸

我个人认为谈恋爱主要靠倾吐
你二十多分钟不让男女主对话
你怎么可以这么残忍？
那两双纠缠的脚说明导演很色情
你是对爱与欲感到无话可说吗？

你让男人把女孩埋葬了两次
一次埋葬了爱情，另一次
埋葬了婚姻和他自己，不同的是
一次用沙子一次用海水
能透露一下是什么让你如此孤独和绝望吗？
我们两次同学了这次你还住我隔壁
我惊诧于居然很不了解你

我很心疼那台越野车呀
你丫竟导演它在海水里开
海水高腐蚀呀四颗轮胎肯定挂了
你老实讲，它们是不是成本最大的一块？

发言环节我偷偷溜掉了你别生气
我现在太不先锋了
生怕自己的解读漏怯
你咋就这么勇敢玩起了电影
还后撤数十年重拾先锋理念？
我看是小说诗歌不足承载尔才气了吧
还是你本来就是个不羁的自由分子？

你让我提建议我没别的可说的
就希望你下次能搞长一点
你这么能玩，又那么能搞
为吗不搞长一点，再长一点
那才过瘾嘛，说不定真搞出点事
让弟兄们跟着高兴高兴

老瓦，你说倒底行不行？！

后　记

　　我反对自己的人生。这不是矫情，是对诗意与自由的神往，和不得不反向生活的无奈。

　　至少在外在和表象上，我是一个俗人。除非写诗的时候，我的内心无法对人言说，哪怕是最亲最爱的人。

　　我认为我们写不出好的诗歌来的原因只有一个，那就是我们无法以诗人的姿态活着，我们无法像自己的灵魂一样做一个歌吟的行者。诗人就是诗人，有诗人的表情和眼神，诗人的价值观念和行为方式，有诗人的思维方式和存在方式，诗人的话语和举止，以及诗人的待人接物和人生看法。我们无法完全这样的活着。

　　有一个悲哀的事实是，我们只有写诗的时候才是诗人，其他时候就是个俗人，甚至是个坏人。所以我们没有给神灵附体的机会，无法复述那原本要昭示给我们、并本该通过我们昭示人类的秘语。

　　聂鲁达一生热爱大海，他把自己的别墅都造成巨轮的样子。当年他到中国来，茅盾、丁玲和艾青告诉他，中文里聂鲁达的"聶"

字是三个耳朵，聂鲁达高兴地说："我有三只耳朵，第三只耳朵专门用来倾听大海的声音。"因此我们知道他对大海的爱并不是表面文章。这就是诗人了吧，哪怕他看上去是一个外交官。

感谢聂鲁达，这本诗集里有将近一半的诗稿是我拜谒过他圣地亚哥的故居后写出来的，在北半球正走向冬天的时候，我来到刚刚步入初夏的南部美洲，我的诗情在布宜诺斯艾利斯复苏，之后飞越天神一般的安第斯雪山来到智利，在太平洋边的沙滩上留下了脚印，在圣母山的夕照下俯瞰了月光下的大湖一般的圣地亚哥城，之后我就一直在歌吟和诉说。

只有诗歌是无法违心的，无论她袒露的是痛苦还是欢乐，她与我们置身的俗不可耐的世界相对，这是其他的文体所不具备的节操。因此我对她欲罢不能，对痛苦和欢乐同样迷恋和珍爱。

感谢北岳文艺出版社社长续小强先生多年的错爱和友谊，要给我出版第一本诗集（在我长达三十年的写作生涯中，这个时候才出版第一本诗集，她是多么难得和珍贵啊），关于出版体例我征求他的意见，他建议我写了这个短短的后记，以资纪念还能写出诗来的人生光阴。小强兄是真正的诗人，他出过一本诗集叫《反向》，我猜他要表达的意思和我这篇文章的观点应该是一致的。

我正一步一步走向老迈，这些诗稿记录了我徒劳的挣扎和不甘。

然而我是满足和欢乐的。

此记。

2016 年 12 月 28 日于北京大学